...ㅎ 여우 꼬리 2：알쏭달쏭 우정 테스트

威風凜凜的狐狸尾巴

2 友情測試機的大考驗

孫元平 著　萬物商先生 繪
吳佳音 譯

本書獻給想要知道友情祕密的狐狸們

總是一副藏著不爲人知心事的祕密模樣，能夠看穿丹美的內心世界，常常說出奇怪的話。
夢想成爲一名考古學家，希望能將滅絕的動物復活。暗戀丹美，聰明又體貼，但卻常常落東落西。
權杰
黃智安
高旻載
準備以偶像團體「海藍寶石」出道的練習生。總是露出一副高傲的樣子，但對想要交往的朋友則抱以眞心。
丹美在幼稚園時期的同學，也是「海藍寶石」的另一名成員。常常把丹美弄哭，也會對她伸出援手。
Minerva
簽名會
丹美的媽媽
擁有自己的工作坊，販售許多手作小物。丹美的九尾狐血脈來自她的遺傳，會給丹美很棒的建議。

登場人物介紹
是夜晚才會出沒的超級英雄奧爾森的粉絲，表面是個平凡的少女，其實是九尾狐。和死黨露美的友誼發生變化後，遇到了第二條尾巴。
孫丹美
白允娜
斗露美
韓詩浩
擁有數學及編碼的才能，有溫暖也有冷傲的一面，總是能合理的判斷事情。因爲丹美對友情感到困惑，而與她越走越近。
丹美的死黨，做事總是先做再說，運動神經發達。跟丹美的友誼產生變化後，和允娜走得更近了。

目錄

序言

奇怪的邀請函

這張華麗且五彩繽紛的卡片上，內容看起來雖然和藹可親，卻也相當傲慢。

看到這張邀請函，就像看到寫邀請函的那個人，而發送這張邀請函的人，不是其他

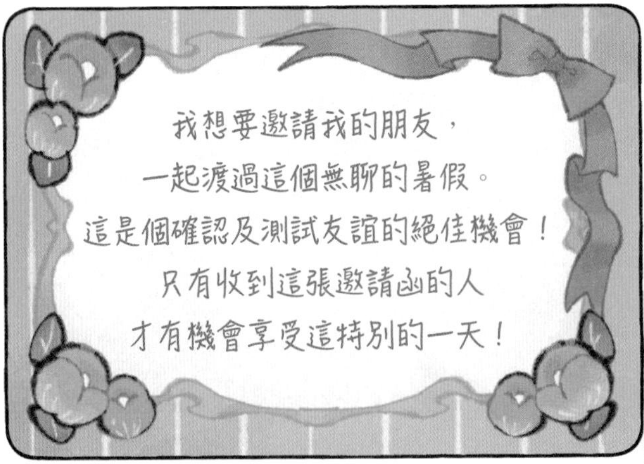
我想要邀請我的朋友，
一起渡過這個無聊的暑假。
這是個確認及測試友誼的絕佳機會！
只有收到這張邀請函的人
才有機會享受這特別的一天！

人，正是白允娜。她是怎麼知道我們家的地址呢？雖然我們已經在冷颼颼露營日和好了，但是，我們的感情應該沒有好到這個程度吧？

露美是不是也收到了這封邀請函呢？我真的好想知道。為了決定是否要跟她聯絡，我猶豫了好一陣子。但想想……還是算了吧！從前幾天開始，只要想起露美，我的心裡就不太好過。

露美是我的超級好朋友，可是，不知道為什麼，最近跟她變得很尷尬，曾經為友情傷過腦筋的人，一定可以體會。那種心情就像拼圖一直拼不好，還有被強颱吹得劇烈晃動的玻璃窗，或像腳底下的冰塊突然「喀」一聲碎掉的感覺……

如果友情讓人有這樣的感受，還能繼續維持下去嗎？或者……再更深入的說，你有過朋友被搶走的經驗嗎？那就像好不容易拼好的拼圖全部掉到地上；或是玻璃窗「啪啦」一聲破掉，然後碎片四飛！甚至像是撲通一聲，不小心掉進充滿冰塊的冰水中，整個人冷到骨子裡。

嗯……這樣講好像還不是很清楚，總之，感覺就像整個世界都崩塌了，宇宙成了一片廢墟，只有我留在這裡，睡到一半，醒了過來，苦惱著事情怎麼會變成這樣，卻沒辦法解決，那種孤單、寂寞，憤怒又鬱悶的感覺。

和我一起發生這些事情的朋友，就是我的最佳死黨——露美。

第1章

產生變化的友情

我們的友情會發生變化，是從一件莫名其妙的事情開始的，都是因為Minerva——那是一個去年出道的男子團體。

Minerva裡共有五位成員，其中一位叫「Seer」，露美是他的忠實粉絲。不久前，她開口閉口都是Seer，只要一有時間，露美就會一邊哼著Minerva的歌，一邊說：「他們的歌很好聽吧？真的超好聽的啦！我就算聽了幾百次，還是覺得好好聽！」

「嗯……」

我每次都只能勉為其難的點頭，說真的，Minerva的曲風根本不是我喜歡的風格，但是露美卻一直不停的說Seer的事情。更誇張的是，她說如果有一天Seer真的出現在她面前的話，那她這輩子就沒有遺憾了。到現在，只要一有空，她就會不停的哼他們的歌。

暑假開始後，我們許久不見的那次碰面，她在冰淇淋店也是一直講著Seer的事情，講到冰淇淋都融化了，還在繼續Seer、Seer……好像除了Seer之外，就沒有其他的事情可以說了。

「啊！如果可以親眼見到Seer那該有多好！」

再聽下去，剛剛吃的冰淇淋可能都會吐出來。因此，我想該找點不同的話題來聊一下，便開始聊起我最喜歡的動畫。

「妳知道奧爾森吧？再過一陣子，奧爾森會出最新一季。不知道這次內容會跟什麼有關？我超期待的！」

超級英雄——奧爾森，是我最喜歡的動畫人物角色，他在夜深人靜時才會出現。我現在用的奧爾森鉛筆盒，正是露美送給我的生日禮物，她很清楚我喜歡奧爾森這件事。

「真的嗎？我想一下……Seer好像也喜歡網路漫畫呢！Seer曾經說過……」露美又講到Seer了，而我也只聊自己想聊的。

「聽說這次的奧爾森跟之前的不一樣！會有新的車種登場。」

雖然我們一直在聊天，但是，說話的內容根本就是兩個世界。到最後，我們很像兩個在自言自語的人，各自說著想說的話。

「如果能夠跟奧爾森一樣，有很厲害的超能力，該有多好啊……」

「如果能夠親眼看到Seer的話，真的會像在做一場夢吧？」

「奧爾森駕駛的車是環保的跑車呢！他已經是英雄了，還會想到這一點，怎麼會有這麼完美的英雄啦……」

「妳有看過Minerva跳舞嗎？一定是因為那些舞步已經練習了上百次，才會有如此精彩的表演，真的是厲害到無話可說！」

在我們一來一往的對話中，桌上的櫻桃冰淇淋也在不知不覺中融化成一灘糊狀物……看著這杯噁心的冰淇淋，我的心裡突然浮現一顆大石頭不停往下沉的感覺。

我瞪著露美。

「妳知道我們現在在講完全不同的話題嗎？」

露美看向我。

「說真的，其實我完全不知道奧爾森是怎麼一回事，我只知道妳很喜歡他。」

「妳不也是這樣嗎？我對Seer一點興趣也沒有，而且Minerva的歌曲也不是我喜歡的風格。」

「妳之前不是說過喜歡Minerva嗎？」

「那是因為妳說喜歡，我才跟著說的。但是，為什麼妳開口閉口都是Seer啊？」

「因為我希望丹美也能夠喜歡Minerva啊！」

「那妳自己呢？妳根本不喜歡奧爾森，不是嗎？」

我們的聲音漸漸大了起來。

「我們喜歡的東西根本就不一樣！」

「也太不一樣了吧！」露美回答。

「我們根本連一點共通點都沒有吧？」我說。

「一開始就這樣了啦！我們兩個都知道啊！不是嗎？」

說完這句話，露美頓了一下。在那句話之後，我們再也沒有任何交談了。

回家的時候，我突然明白了一件事情，那就是——我們之間的友情已經開始出現變化了。

便利商店前，有一棵象徵我們友情的櫻花樹，當我們朝著它前進的時候，我一直想著，要是露美能夠先開口的話就好了，隨便說點什麼都好。但是，直到走到櫻花樹，露美始終緊閉著嘴巴。

最後我跟露美連對方的臉都沒有再看一眼，便尷尬的揮揮手，各自轉身離開了。

這是我們第一次這樣……

要是以前的話，我們馬上就和好了。我們會搭著對方的肩，開開玩笑，不然就是假日時到對方的家裡玩，開睡衣派對，用盡各種辦法維持我們的友情。但這次露美隔天就回鄉下的外婆家了，之後的一週，我們完全沒有聯絡。

這樣說來，我們應該是真的吵架了吧？有點像爭執，又好像沒那麼嚴重。我們分開前，還有揮手道別啊！這樣應該不算吵架吧？

不管怎麼樣，我們的友情好像出現了一個大洞。因為這樣，我的心情每天都很煩躁。真的！日子一天比一天更無趣。

在這樣枯燥乏味的日子，唯一能夠讓我振作起來的事情，就是在游泳池遇到詩浩了。

我在游泳池裡不知道撞到了誰，轉過身一看，竟然是詩浩！

「哦！丹美？是妳啊！妳也會來游泳？」詩浩拿下蛙鏡，開心的跟我打招呼。

「因為很熱啊！所以我就自己來了。」我也像詩浩一樣，拿下蛙鏡回答。因為我們兩人的眼睛周圍都有戴過蛙鏡的痕跡，看起來就像貓熊，所以我們看著對方，大笑了起來。

「等等一起去吃冰吧！」

詩浩熱情的邀請，我用力的點點頭表示答應。

在泳池外的樹蔭下，吃著酸酸甜甜又清涼無比的檸檬冰淇淋，跟之前和露美一起吃的那個融化冰淇淋完全不同。

「妳要去我們家玩嗎？」

吃到一半的時候，詩浩突然開口問我。

我答應了。

到了詩浩家後，誇張的景象讓我大吃一驚！一進到她家，迎面而來的是一張超大的奧爾森海報！不只如此，我眼睛看得到的地方都是奧爾森各種風格的貼紙，詩浩的房間可以說是「奧爾森王國」了！

我發出感嘆：「哇！妳喜歡奧爾森嗎？妳竟然也喜歡動漫……」

「說什麼啊！我可是動漫迷呢！在所有的角色裡，我最喜歡的就是奧爾森了！奧爾森不僅很帥，就連他的裝備我也超有興趣，奧爾森開的車是使用由太陽光轉換而成的動能，都已經是超級英雄了，還關心環境，真是太帥了！」詩浩說到奧爾森時，眼睛閃閃發亮的，我還以為她只對數學和編碼有興趣，看來是我誤會了。

詩浩說著奧爾森解決案件的時候，會怎麼用數理解密；而我則分享我在畫畫的時候，會以奧爾森的漫畫為範例，進行創作。因為聊天的內容太有趣，我們都聊到忘記時間。

突然間，門被打開了！詩浩的雙胞胎弟弟——知浩出現在門口。

「啊，孫丹美？斗露美的好朋友怎麼會出現在我們家？看來太陽要從西邊出來了！」知浩說完話後，就突然消失了，我們兩個看了一下彼此，不禁哈哈哈哈哈的大笑出來。

好不容易安靜下來後，詩浩說著：「這樣子好快樂！我以為丹美妳只和露美很要好而已，因為妳們兩個每天形影不離，我從來沒有想過會跟妳變熟。」

「真的嗎？」我搔了搔頭。

「以後我們也一起玩吧！朋友越多越好啊！對了，放假時，鄉村那裡的圖書館有一場關於歷史的工作坊，如果妳有興趣就一起來吧！」詩浩把介紹的文宣拿了一張給我。

「好啊！」

我馬上就答應了，詩浩看著我，突然笑了出來。以前我一直覺得詩浩是個不錯的人，現在覺得她不只不錯，還超酷的！原本因為露美而沮喪的心情全都飛走了……不，是完全忘記了！跟詩浩相處的時光，我連一次都沒有想起露美。

後來在回家的路上，我原本還覺得有點愧疚，但很快的，我的心就鎮定了下來。我心想……反正露美也可能完全沒有想到我啊！那我還在意什麼呢？

世界上什麼都在變，但是，我從來沒有想過跟露美的友情也會有變化的一天。我總是覺得我們會一直很要好、很要好下去的，看來是我錯了呢！但是，詩浩的話是對的嗎？她說朋友越多越好，是這樣嗎？還是如同允娜所說，如果測試一下友情，就會讓這一切都變得明朗，我也會找到一直想找尋的答案嗎？

說到白允娜，我跟她雖然在冷颼颼露營日和好了，但是我完全不想跟她變熟……哎呀！「友情」這個東西怎麼會令人感到如此茫然，如此不知所措呢？

思緒突然全部湧上來，我的背部像是有什麼在跳動，整個身體彷彿要腫起來，頭也好暈，這種感覺是怎麼一回事？

啊，對了，我是九尾狐啊！我差點忘了！

我現在要做的，就是避免在路上把尾巴露出來，為了讓尾巴冷靜下來，我費了好大的力氣，需要想想其他的事情轉移注意力，像是巧克力冰淇淋、老鼠軟糖、芒果汁、水蜜桃……

呼……費了好一番功夫，總算讓背部平靜下來。

這樣下去，我看尾巴「再度出現」是遲早的事情，這次尾巴也會不小心跑出來嗎？我擦去額頭冒出的汗珠，然後望著天空，如果這時候下點小雨，應該會涼爽一點吧？

充斥著蟬鳴的夏季天空，真是炎熱啊！

第2章

第二次登場的尾巴

允娜家位於眼前那棟建築物的頂樓，大門非常高聳突出，電梯連一層樓也不停直達她所住的樓層，難道那一整棟都是允娜的家？

按下允娜家的門鈴，便傳出「鈴——鈴——」的聲音，門自動打開了。順著長長的走廊走進去，出現在眼前的是又大又寬敞，而且相當豪華美麗的房子。

一進入客廳，牆上掛滿允娜的照片，令人目不轉睛。照片裡的允娜似乎用一副高傲的姿態打著招呼，並且說道：「歡迎你們來到我家。」

我安靜的走著，突然有人撞到我的背，我受到驚嚇，在轉頭的瞬間，好像有什麼東西從牆上「匡噹」一聲掉了下來！

一陣慌亂，我的手順勢抓住一個很大的動物角。

「呼！差點就出大事了，謝謝！」

這個熟悉的聲音……是站在我旁邊看著牆壁的旻載。

「我剛剛就覺得這個東西很神奇，所以一直盯著，這是十九世紀初就滅絕的藍馬羚，我第一次看到牠被做成模型的樣子。」

如同旻載所說，牆上掛著一隻長著角的鹿頭雕刻品，雕刻的樣子雖然很精美，但是另一隻鹿角的接口卻有些鬆動，感覺就像如果不小心碰到，很可能就會嘩啦一聲，整個掉下來。

「丹美，很高興看到妳，放假的時候竟然還能見到面，真是太難得了！」旻載露出牙齒，暖暖的笑著說。

旻載想幫我把撞到的鹿角再掛回牆上，於是踮起腳尖，旻載為了要把它掛上去，身體重心不穩而倒向牆上的雕刻品，只聽到……嗶……咿呀一聲——

「啊，不！」

旻載大叫的瞬間，鹿的臉同時傾斜，另一隻角也掉了下來。

「你玩得挺高興的嘛！連鹿角也當成球拋。」說話的人是黃智安。

智安把手插在腰間，驚訝的看著我說：

「孫丹美，妳怎麼會一個人出現在這裡？妳的好朋友沒來？該不會妳的好朋友從原本的斗露美換成了高旻載吧？」

黃智安，我要是知道你在這裡的話，我才不會來呢！——我原本是想這樣回應他的，但卻聽到了一件出乎意料的事情。

「露美已經到了，謝謝你們來！」

說這句話的人是允娜，而在她身後的……是露美！

「露、露美，妳已經來了啊……」不知怎麼的，我開始結巴起來。

「嗯……嗯……」露美看起來也很手足無措。

允娜興奮的往前站了一步，說道：「既然大家都到齊了，那我們就先吃飯吧！」

寬敞的廚房裡充滿了食物的濃濃香氣，站在廚房裡的阿姨表情相當親切，看樣子，她煮了一桌好菜！

「我要開動了，謝謝允娜媽媽！」

旻載喊了起來，允娜卻不是很高興的回應：「那是傭人阿姨啦！我爸媽一直都很忙，所以在家的時間不多，大家都先坐下吧！」

在允娜的催促下，我們各自找到位置坐了下來，眼前的美食讓大家都垂涎三尺。我拿起筷子準備要大快朵頤，就在這個時候，允娜對坐在我旁邊的露美說了奇怪的話：「露美啊！妳要坐在那裡嗎？」

我拿著筷子，準備要夾食物的手突然停下來。這個問題聽起來怪怪的，露美坐我旁邊本來就是天經地義、理所當然，且再自然不過的事，什麼叫做「要坐在那裡嗎？」

就在露美準備回答之前，允娜瞇著眼睛，笑著說：「上次妳不是坐在這裡嗎？然後上上次是坐在那裡啊！妳打算把每個位置都坐一遍嗎？呵呵！」

上次？上上次？這表示……露美已經來過允娜家三次了？

「妳之前來過這裡嗎？」我壓低音量詢問，露美像是喃喃自語的回答：「嗯，大概是吧……」

聽到這裡，我就沒有繼續追問下去了。因為我有點難過，這種感覺填滿了我整個胃，望著桌上的美食，也失去了興致。現在的我，已經被這件事弄得有點暈頭轉向了。露美怎麼能這樣？什麼話也沒說就來允娜家玩，而且還來了三次？

我感到很鬱悶，頭好暈，就在這個時候，我的背部好像傳來了一個信號……痠痠痛痛又麻麻的，這……這個信號，就是我的尾巴準備要出現的時候了！竟然在這裡？真是太糟糕了！

「我去一下廁所！」

說完這句話，我整個人彈跳起來，直奔廁所！

允娜的家大到無法想像，簡直像個迷宮——真的會迷路的那種，雖然我覺得我可以找到廁所，但是，每次我打開的門都不對。而且那個信號更加急迫了，就像沸騰的熱水一樣，氣勢越來越強大，每一秒都更加強烈。

我的情緒越來越急躁，好像馬上就要爆發的感覺。所以我隨便打開一扇門，立刻跑了進去！那是一間掛滿洋裝的房間。而且在門快要關上之前……砰！蓬鬆又柔軟的尾巴馬上跳了出來。

可是……真是活見鬼了！我明明感覺到尾巴跑出來，眼前好像閃過橘色的毛，現在卻沒看到，這到底是怎麼一回事？

尾巴呢？藏到哪裡去了？

再這樣下去的話，其他人都會發現尾巴的事情，接下來會發生什麼事……我根本連想都不敢想！

我急忙翻找房間裡的衣櫃，就是沒看到尾巴，就在我跟消失的尾巴玩起捉迷藏時，有一個人輕輕拍了我的肩膀。

「哈囉！妳該不會正在找我吧？」

我往後轉，看到一個小女孩調皮的對我笑著，她的髮型跟我一樣，都有一條小辮子，甚至還跟我綁在同一邊，我們看起來很像雙胞胎，可是她的臉頰長滿了雀斑，肩膀上還有東翹西翹的橘色頭髮。她的臉上洋溢著笑容，和愁眉苦臉的我完全相反。

她就是第二條尾巴。

「好像是……」

我感到心很累。

「妳看到我好像沒有很高興？我可是開心到不行！」

「哎呀！我現在在朋友家，在這裡遇到妳當然很慌張啊！」

「什麼？這裡是妳朋友家？」小女孩瞪大了眼睛說。

「我現在有一點麻煩，頭很痛……那個，不好意思，以後能不能在只有我們兩個的時候現身……？」

小女孩好像沒有聽懂，她把衣服弄亂，還發出砰砰砰的聲音，她用兩隻手托住臉頰，彷彿做夢般的說：「哇！哇！這是真的吧？這裡真的是妳朋友的家？我等這一天等很久了，『朋友的家』這句話聽起來很像命中注定啊！我還沒跟妳打招呼，我是第二條尾巴——『友情』的尾巴！超級、超級、超超超級重要的尾巴！這個世界好像不是什麼都能靠友情來處理吧？人際關係就是這樣，那麼，我這個尾巴就非常、非常、非常的重要了！」

小女孩似乎覺得自己說的話很有道理，雙手在胸口環抱，神氣自滿的說著。

「是嗎？我覺得妳看起來比較像是一條臭屁王尾巴呢！」我碎碎念著，但這次尾巴沒有再回話。她拿著允娜的洋裝比劃著，還轉了一圈，說：「怎麼樣？很適合吧？」

「這些衣服不是妳的，不要碰比較好，這些衣服的主人是我不太喜歡的人。」

「妳不太喜歡的人？都是朋友了，怎麼說不喜歡呢？」小女孩似乎感到很疑惑。

「我的意思是，我跟她只是同班同學，這樣而已。」

「嗯……原來是這樣子啊！所以妳現在是來到一個妳不喜歡，卻跟她讀同一班的朋友家裡？」小女孩因為好奇而瞪大眼睛看著我。

我嘆了一口氣，皺起眉頭。

「反正就是這樣啦！而且我跟她也沒那麼熟，可以不要一直說她是我朋友嗎？」

「可是，是妳先說她是妳朋友的！她是妳不喜歡卻讀同一班的朋友，而你卻來到這個朋友的家裡……」

我無法反駁，但我可以確定的是，我本來就有點暈頭轉向了，現在因為尾巴第二次登場的關係，頭更是痛了起來。

「可能妳第一次出現，所以對一切還不是很清楚，世界上有很多複雜的事情，因為友情而感到苦惱困惑的事情也不少。」我說這些話的時候，想起露美。

小女孩點點頭。

「我可以理解，連我也在這個時候突然出現，讓妳這麼擔心，可是……」小女孩閉起嘴巴，往門的方向走去，聞了聞門。

「現在走過來的那個人，是和妳命中注定的那個人嗎？」

「命中注定？」

門忽然被打開……

誰和我命中注定啊？我猜那個人八九不離十就是露美啦！可是和我對上眼的竟然是……

「孫丹美，妳在這裡做什麼？」

驚訝的口吻，再加上懷疑和討厭的頑皮表情，竟然是黃智安！就算再怎麼厲害的尾巴，這回應該是搞錯什麼了？既不是露美也不是旻載，黃智安竟然跟我是命中注定的關係？

「啊！因為我迷路了……」

聽了我隨口說出的理由，智安挑了挑眉毛。

「迷路？聽到的人還以為妳在什麼地方呢！廁所就在旁邊啦！」

「如果暈頭轉向的話，就可能會這樣啊！你為什麼會來這裡？」

「因為我聽到一些奇怪的聲音，想過來看看……這個房間裡，除了妳還有別人嗎？」

「沒、沒有啊！只有我啊……我本來就有自言自語的習慣啦！」

我尷尬的回答，接著智安進入房間，到處東張西望。

「是嗎？好奇怪！我明明聽到兩個聲音啊……」

「怎麼可能？」

「就像音樂會有兩個音軌同時發出聲音……算了，妳以後有空的話，到我們公司的錄音室來參觀吧！我讓妳看看音樂的製作過程。」

「好啦好啦！我知道了！你可以先出去嗎？」因為太慌張了，我的聲音漸漸大了起來。

智安用一種很真摯的表情繼續說：「剛剛我把門打開的瞬間，好像看到一大團像毛線的東西……」

不可能……該不會這次黃智安又看到尾巴了吧？在我的身體像石頭一樣僵硬的時候，一陣響亮的聲音傳了過來。

「大家快集合，我們來打籃球吧！」

白允娜如此快樂的聲音，我還是第一次聽到。

第3章

友情的分數

允娜家的露天陽臺簡直像個小型體育館，不但寬敞，牆也很高，兩邊的盡頭則是籃球框。

我們以猜拳來分隊，結果允娜、露美和旻載一隊，我和智安一隊。

當我心想我們這一隊只有兩個人的時候，不知道是誰，從我背後悄悄現身了。

是權杰。

「原來是權杰啊！你剛來嗎？」

權杰回答：「我一開始就在了！吃飯的時候我坐在妳對面，而且剛剛上來的時候，還跟妳搭同一班電梯。」

「真的嗎？」

明明現在才看到權杰啊！

他看著我的反應，像是喃喃自語小小聲的對我說：「妳不相信我的話吧？」

「不是啦……抱歉，沒有看到你。」

「不用道歉，我知道我沒什麼存在感，習慣之後，就不會覺得怎麼樣了，我會調整自己的心態。」

「調整？」

權杰點點頭。

「如果覺得是缺點的話，就好好調整自己的心態。如果是能常常使用的優點，也不是不可能……」

權杰說的這些話簡直就像繞口令，我完全無法理解。

這時智安大叫著：「快點來啦！開始了！」

露美和允娜、旻載非常有默契，他們輪流投進了好幾球，跟我們這一隊沒有默契的狀況截然不同。

允娜他們那一隊從頭贏到尾，最後露美使出全身的力氣灌籃，贏得勝利！然後他們彼此擊掌，自己慶祝了起來。

看著露美、允娜及旻載的樣子，智安一個人喃喃自語，我和權杰則是不知所措的抓著頭。

這場球賽完全不像一般的運動賽事，會出現什麼逆轉勝啊……

最後，比賽結束了。

接下來的撲克牌遊戲和桌遊的發展也差不多，在這兩個活動裡，允娜和露美剛好都被分到同一隊。我好像被迫要跟她們分開似的，一直待在別的隊伍裡。而且她們兩個彷彿受到勝利女神的眷顧，總是取得勝利，似乎這一切已經注定好了。

當她們獲勝的時候，兩個人總是會快樂的尖叫。勝利會感到快樂是正常的，但是眼睜睜看著我的超級好朋友露美，竟然跟白允娜相擁還擊掌……真令人難以置信，會不會是我看錯了？

就在我一團混亂的狀態下，遊戲終於結束了，吃完點心後，這才發現時光飛逝，已經到了我們該回家的時間了。

「謝謝你們來我家玩，本來覺得無聊的假期變得有趣極了。」允娜開心的說著。

「但是，就這樣結束太可惜了，我還有最後一個節目。」

「是什麼？」

當大家異口同聲的詢問時，允娜微笑瞇著眼說：

「那就是——友情測試機！」

允娜說話的同時，從背後拿出一個東西，放在桌上。

「就是這個！ta-da！這是一臺掌握雙方的喜好和特質，分析結果的『友情測試機』！顯示的友情分數越高的話，代表兩個人感情就越好。這個機器目前還沒有上市，但我爸爸特地先幫我買回來了！」

「用這種東西測試友情？真的有可能測出來嗎？」旻載上下左右摸了摸機器，用一種無法理解的表情詢問。

黃智安因為沒什麼興趣，所以擺出一副漠不關心的樣子。可是露美卻像被迷住了一樣，兩眼離不開它。

它的外觀是閃亮的金色，形狀有點像節拍器，外型又有點類似三角錐，四周刻著星星和月亮，散發出神祕的感覺。最上方有一個長方形的電子螢幕，下面有辨別聲音和麥克風、喇叭的標示，最下面有一個圓形的溝槽。雖然不知道這臺友情測試機的性能如何，但是單就外貌來說的話，真的很漂亮，我不自覺的越來越好奇。

「方法很簡單，只要說出自己的名字，把手指放在這個溝槽裡就好了。兩個人一組，按照指示做之後，機器就會把兩個人的友情分數告訴你們。」允娜說。

「友情分數？」我問。

允娜點了點頭。

「嗯，而且這個機器不是那種裡面早就設定好答案，然後隨機說出結果的那種！它會在辨識指紋及分析雙方的性格後，才會出現結果，而且還有儲存數據和更新的功能，可說是一臺高科技機器呢！」

大家半信半疑，紛紛露出比剛剛還有興趣的表情，允娜突然拍了一下手，說自己有個好點子。

「如果我們只是輪流進行的話，好像會很無聊。不如來看看兩人組合之後的友情分數，然後好好相處看看，你們覺得如何？」

大家都同意了，允娜看起來更加自信滿滿。

「好，那要從誰先開始呢？」

允娜就像老師一樣問著，而我們大家你看我、我看你，她的視線則停留在我和露美身上。

「好，那就從孫丹美和斗露美開始好了。因為妳們是大家公認的死黨，如果妳們的友情分數很高，那麼，大家對這臺機器就無話可說了，可以吧？」

這時，允娜把機器搬到我和露美面前，我用力吞了一下口水，我有點期待，又有點不安。感覺真是奇怪，露美和我的分數如果很高，過去幾天那種尷尬，還有今天這種鬱悶的心情，想必可以一掃而空。可是，假設結果不好的話，我們之間會怎麼樣呢……？

露美對著機器說出自己的名字，然後把食指放在溝槽上。接著，電子螢幕上出現一堆奇怪的符號。它們先混亂的出現，然後發出「嗶」的一聲，電子螢幕不閃了，從喇叭的地方發出機器聲。

斗・露・美・的指紋辨識完成。

現在輪到我了，我緊張的報上名，小心翼翼的把手指放到溝槽。我的手顫抖著，覺得有點冰冷，然後感到麻麻的，彷彿有電流通過似的，然後也出現了「嗶」的聲音，以及沒有什麼高低起伏的機器聲。

孫・丹・美・的指紋辨識完成。

「那現在呢？現在要做什麼？」

「等一下！」

被露美這樣一問，允娜緊張的看著機器。螢幕上出現了一段我們無法理解的記號和圖形，然後又消失了。

沒多久，螢幕中間突然出現了粗體的數字。

11.2

「那是什麼意思？」

回答問題的不是允娜，而是友情測試機。

友情測試的結果，孫・丹・美和斗・露・美・的友情合適度是11.2%

看起來不是很要好的關係。

「什麼啊？太荒唐了吧！」

我的反應有點激動，但是測試機並沒有就此結束。

兩個人幾乎沒有共通點，彼此也不想聽對方說話。

這一段友情宛如平行線，幾乎沒有任何發展性的友情。

現在——請尋找新的朋友。

因為這個結果太出乎意料，我也不知道該說什麼才好，露美好像也有這種感覺，但允娜卻表達了自己的想法：

「真是意外！聽說這是很準確的機器，露美，跟我試試看吧？」

允娜和露美分別輸入名字及指紋後，等待結果，我的心臟跳得很快，撲通撲通……似乎在提醒我要有心理準備。允娜和露美雖然……但友情分數應該也不至於太高吧？

不敢相信的事情發生了！我反覆看著螢幕上的數字，太衝擊了！

99.9%

測試機以充滿喜悅的聲音，發表著我和露美截然不同的結果：

友情測試的結果，

白．允．娜和斗．露．美．的友情合適度

99.9%

地球上最棒的朋友組合非妳們莫屬！

喜歡的事物和性格可說是一拍即合，妳們真是天生的好朋友！恭喜你們成為新的伙伴！

「哇！」

現場響起此起彼落的驚呼聲及喝采聲。

那個友情測試機真的好討厭！我好想立刻把那臺機器丟出去。

現在，我好像可以理解，白雪公主的後母站在魔鏡前，那種憤怒的心情，但是我只能冷笑，不知道該說什麼。

「簡直是胡說八道！不是嗎？露美？」

我懇切的看著露美，在她回應我之前，智安卻說：「妳跟斗露美不是很要好嗎？原來妳們的友情是假的啊？」

智安說這些話時，嘻皮笑臉的，我不知道該不該對他生氣。此外，我還討厭這時候還在猶豫不決、遲遲不肯說話的露美。

我的眼睛突然有點熱熱的，眼淚好像就要奪眶而出。但是，我，孫丹美，是不允許自己在大家面前哭泣的……

「真有趣，該不會你們都相信這臺破爛機器講的話吧？好吧！你們兩個也來測試看看這臺機器到底準不準。快點！你們兩個來試試看吧！」我壓抑著就要跳出來的心臟，故意豪邁的說。

所以接下來，智安和旻載也一起參加了友情測試。

友情測試的結果，

黃智安和高旻載的友情合適度是94.6%

雖然彼此現在還不熟，

但是未來有變好的無限可能。

祝福你們成為好兄弟！

智安和旻載得知這個意外的結果後，兩人互看著對方。

我一直覺得這兩個人變好的可能性很低啊！冷颼颼露營日那次，智安和旻載從一開始就處不好了！

接下來，權杰也跟我們完成了測試，結果權杰和所有的人都出現了五十%的結果。友情測試機是這樣描述的：

你和所有人都可以變熟，也可以和所有人都變不熟。

性格很特別。

要不要交朋友，全部取決於你自己的選擇！

11.2
99.9
友情測試機
94.6
50

大家都不知道該怎麼回應，我說：「看吧！智安和旻載竟然被判定可以成為一輩子的朋友，這樣的結果對你們來說不是很怪嗎？權杰的分數竟然是這樣？你們真的、真的一點都不覺得奇怪嗎？它雖然叫友情測試機，但看起來不怎麼樣嘛！」

我以為允娜聽了這些話，會把機器收起來，但允娜的雙眼眨也不眨的看著我說：

「孫丹美，妳好奇怪！為什麼從剛剛到現在都這麼激動啊？如果這個友情測試機像妳說的，這麼荒唐又無聊，不是聽聽就好了嗎？」

「什麼？」

忽然之間，我不知道要怎麼回答。

允娜用冷靜的口氣說：「朋友之間的關係，本來就可能有變化的一天，不是嗎？而且，這臺友情測試機只是分析兩個人適合的程度，預測兩個人的友情可以發展到什麼地步而已。就算現在不怎麼樣，以後也還有機會可以變熟啊！總而言之，就算本來是很要好的關係，還是可能改變啊！」

我真的不知道該說什麼才好，我可能有點激動過頭了。

允娜嘆了一口氣，然後問露美：「所以，根據友情測試機的結果，露美，妳和我變熟的可能性很高！妳覺得呢？」

所有人的眼神都投向露美身上……不是這樣吧？露美，妳該不會以後要跟允娜變成好朋友吧？我又難過又氣憤的看著露美。

露美連想都沒想，就直接回答：「嗯……對啊，畢竟友情測試機都說有可能了……」

允娜的臉上浮現了一抹淡淡的笑容。

「既然這樣，我們就試試看吧！我們來約定變成最好的朋友！」

允娜的眼神裡閃爍著我看不懂的光芒。

第4章 友情的世界

用指紋來預測友情的發展，然後分數就會跑出來，這種事情真是荒謬到極點！這樣的測試結果根本不可能準確啊！

但是，幾天之後，我在公園看到智安和旻載兩人一起開心的打籃球，不禁懷疑起自己的眼睛。曾經在營隊裡起衝突的兩個人，這是絕對不可能發生的事啊！可是旻載和智安的友情測驗結果是九十五分……

我開始有點混亂了。

「嘿！高旻載，我以為你只會讀書，沒想到運動方面也這麼在行啊？」智安一邊拍著球，一邊對著旻載大聲說道。

「很厲害？這樣也能說很厲害？」旻載從智安那裡把球搶走後，朝著籃框投了過去。

接著，傳來一陣叫喊聲和大笑聲。他們兩個嘻嘻哈哈的玩著、打鬧著，不論是誰看了都會覺得他們是好朋友。我默默的觀察他們，開心的嬉鬧聲充滿了整個公園。

這應該只是偶然發生的事情吧？我用力的搖搖頭。很不幸的，這一切只是整件事的開端而已。

不久後，那臺機器以「友情測試機」的名字上市。它一出來，幾乎所有人都在談論它，不論是在游泳池或是美術教室——

「你們的分數幾分？」這個問題我已經聽了不下千百次。就連在冰淇淋店，都可以看到大家坐在友情測試機前進行測驗。

網路上也看到一些使用心得，有許多人因為這個機器變得很要好，便說：「多虧了這個友情測試機，我終於結交到現在的好朋友！」

每次聽到或看到關於友情測試機的相關消息，我就很不是滋味，好像除了我以外，世界上所有人都找到了屬於自己的知心好友。

然而，時常在游泳池遇到的詩浩，就成了我的一絲希望。

「丹美啊！妳要不要也跟我來測試一下友情分數？有人把友情測試機帶到游泳池了。」

在更衣室遇到詩浩時，她問了我這個問題。

「雖然我不是很信那個，就當作好玩吧！」詩浩開玩笑的說。

接著，我們走向泳池附設的便利商店，不知道是誰把友情測試機帶來，在場的人兩兩一組，開始進行測驗。

我和詩浩排在隊伍的最後面，等待的同時，我的心臟撲通撲通跳得很快，手心的汗也冒個不停，但是，我不想躲開！而且我有一個預感，我和詩浩的友情會有一個嶄新的開始。

終於輪到我們了！友情測試機就放在我和詩浩的中間，我們相偕入座，其他的人則在旁邊圍觀。

我和詩浩輪流輸入名字和指紋，螢幕上出現了一串我們看不懂的記號後又消失了。最後「嗶」的一聲，機器讀取資料結束，螢幕上的數字出現了：

99.9

我眨眨眼，再眨眨眼，然後張大眼睛看著，螢幕上的數字依然顯示著99.9。這時，機器說話的聲音顯得格外親切：

兩個人的共通點很多，過去那段時間，你們不知道這件事真的很可惜。現在終於找到彼此，成為最好的朋友了！

這個聲音及喝采聲彷彿要把天花板震垮，旁邊的人發出「哇」的讚嘆聲，雖然有點暈頭轉向，但我的心情卻快樂無比，好像要飛起來似的，感覺就像在無人島歷經長久的等待後，得到救援一樣！

在那之後的假期，我和詩浩變熟了。我們一起上了同時段的游泳課，下課後也一起吃冰淇淋。和詩浩聊天總是很有趣，我跟她的共通點真的很多，同樣喜歡吃的食物也很多，而且她跟我一樣也會對水蜜桃過敏，最誇張的是我們小時候學游泳，每次都會不小心喝下很多水，之後再學的時候，卻也都愛上游泳。

「哇！我們的共通點真的很多！」

和詩浩聊天的時候，我們常常不由自主的感嘆著。

現在回想起來，跟露美很要好的那段日子，似乎是很久很久以前的事情了。雖然我跟她一直以來都是大家公認的好朋友，但是好像有什麼事改變了……或許，我們真的沒什麼共通點，只是習慣性走得很近？按照友情測試機分析的結果看來，跟我合得來的朋友真的是詩浩嗎？不知從何時開始，和詩浩這樣有說有笑，已經成為了我生活的一部分，而露美則隱藏在我心裡灰暗的角落……

「丹美啊！」

被媽媽這樣一叫，我從沉思中醒了過來。因為感到煩惱，我甚至忘記自己來到媽媽的工作室。

「嗯？怎麼了？」

「妳在想事情啊？我已經叫妳三次了！現在才回應我，應該已經清醒了吧？可以請妳把那邊的橘色絲線遞給我嗎？」

媽媽做了一套睡衣送給我，當作第二條尾巴出現的紀念。

我拿起媽媽吩咐的絲線遞給她。

「媽媽，妳曾經因為友情的事情苦惱過嗎？」

我突如其來的提問，讓媽媽停下手邊的裁縫工作，接著對我說：

「當然啊！不管是誰，一定都會有這種煩惱。不管是跟好朋友吵架、和好、跟朋友分離而傷心，或者認識新朋友，都會發生一些煩惱。」

「真的嗎？」

媽媽點點頭，再次開始手邊的縫紉工作。

「因為朋友說的話感到難過，或是有被背叛的感覺，甚至因為交了新的好朋友而和舊朋友疏遠，這些都是會發生的事情。」

「等等！交了新的好朋友，就會和舊朋友疏遠？這句話是什麼意思？有可能這樣嗎？」

聽到這句話，我忍不住開口了。

媽媽笑了出來，然後盯著我看。

「妳現在這個年紀，的確會因為友情而感到困惑，不知如何是好，仔細想想……我在妳這個年紀的時候，也覺得友情比什麼都重要，對那時候的媽媽來說，友情就是我的全部。」

「那現在還會這麼想嗎？」

「不管在什麼時候，友情都很重要啊！可是，妳回想看看，在妳還小，第一次見到朋友的時候，妳心裡產生了友情的宇宙，對那個時候的妳來說，友情的世界還是小小的；隨著年紀增長，妳心中的友情世界也跟著變大。然後在某個時候，朋友的關係就會成為全世界最大的問題，在妳生活裡變得相當重要。

但是，當妳成為大人，這個宇宙就會漸漸變小，其他的事情會取代原本被友情占據的位置。但友情不是完全消失，而是以一種安靜，卻又重要的型態存在。」媽媽笑著說。

「不對啊！長大之後，友情怎麼反而變小？媽媽，照妳這樣說，那樣的友情才不是友情！是不是因為媽媽沒有經歷過真正的友情，才會這樣說？」

我的話對媽媽來說好像很幼稚，她摸了摸我的頭，然後把我的髮絲撥到耳朵後面。

「啊！我現在說的話，妳還不太明白。跟媽媽比起來，更能夠了解妳的煩惱，應該是跟妳同年紀的朋友吧？」

「同年紀的朋友……？」

說到這裡，我停了下來。

能夠聽我傾訴友情煩惱，然後年紀又跟我差不多……我只想起一個人——就是「橘色尾巴」！

如果見到那個小女孩，我需要先確認一些事情。

我走到媽媽的身邊，坐了下來。

「媽媽，有沒有可以召喚尾巴的方法啊？」

「當然有啊！」

「要怎麼做呢？有什麼特別的咒語嗎？」

「沒有那種東西，把尾巴召喚出來的方法，比念咒語還要困難。但是不要擔心，從現在開始，好好照著媽媽說的話去做。在那之前，先安於現狀吧！這次可是妳把尾巴的洞弄破的！」

媽媽一邊把剛完成的衣服交給我，一邊對我說。

第5章 召喚尾巴

那天晚上，我穿著媽媽幫我做的新衣服，挺直背，坐在床上。過去我只擔心尾巴會跑出來，從來沒有想過要召喚尾巴，會成功嗎？

媽媽說的方法超級簡單，只要將精神集中在背上、呼喚尾巴，她就會現身了，只是我有點不懂，媽媽說的最後一句話是什麼意思——

「至於要如何集中精神，要使用什麼方法，尾巴才會出現，沒有人可以告訴妳，這就是最困難的地方。」

果不其然，試了幾次之後完全沒有動靜，開始想要放棄。就像媽媽說的，要召喚尾巴真不是一件簡單的事，我已經開始冒汗，我也試著將背部用力，然後命令尾巴：「出來吧！出來吧！出來吧！」

但是，我的背部連一點感覺也沒有，在我想讓它出來的時候，尾巴卻好像一直跟我說「她不會出現」……

我費盡力氣，還是不得所願，我在床上躺了下來，到底該怎麼做，尾巴才會出現呢？看來，得換一種方法才行……這麼說來，就是使用一些和現在不同的方法吧？

我想到一個辦法，那就是不要用「命令」的心態，而是用「拜託」的方法試試看，就像對朋友一樣。

我放鬆的躺著，閉上眼睛，在心裡向尾巴打招呼：「妳好。」

背部什麼反應也沒有。

我集中精神，繼續在心裡默念：「請妳教教我關於友情的事，我很需要幫忙……」

跟先前一樣，還是什麼事都沒有發生。

我是如此渴望，並且強烈的懇求：「我想要知道關於友情的事情，我一個人不知道該怎麼面對這些事，所以，求求妳幫幫我，好嗎？」

就是現在了……砰砰砰砰……背部開始產生感覺！我在心裡反覆的大喊：「請幫幫我！請幫幫我！」

那種感覺漸漸強烈，突然間，我的皮膚表層好像有什麼東西在流動，然後沿著身體兩邊延續，背部突然有一種被打開的感覺，咻！尾巴終於出現了！原本正在往上飄的身體掉在床上。

「被妳召喚是我的榮幸！請問有什麼需要幫忙的嗎？」

臉上滿是雀斑的女孩笑咪咪的問著，然後看著我的臉。我用自己的

力量把尾巴召喚出來，而且成功了！

我擦了擦額頭上的汗珠，慢慢坐起來。

「嗯，我有友情方面的煩惱。」

小女孩好像很開心的樣子，點點頭，橘色的頭髮飄逸著，她說：

「這樣啊……我可是這方面的專家！發生什麼事了呢？」

「啊……嗯……要從哪裡開始說起才好呢？」

我把友情測試機和它所發生的故事一五一十的說了出來，小女孩就像個處理案件的偵探，仔細聆聽，然後雙手在身後交叉，在房間裡走來走去。過了一陣子，我把話說完後，她咻的一聲，迅速轉過身，然後用很快的語速說：

「妳和露美的關係變得尷尬了，巧的是，在這個時候，妳們兩個用允娜的友情測試機想測驗一下友情，結果得到的分數卻低得難以想像。當妳和露美疏遠的時候，妳和詩浩卻越走越近，然後妳們兩個也去做了友情測試，卻得到了很高的分數。所以妳現在也不知道，自己為什麼會在意和露美的關係變尷尬，對嗎？」

「對！妳好像老師！話說得有點快的老師。」

小女孩似乎覺得我在讚美她，露出了驕傲的表情。

「我不是說過嗎？在這個領域裡，我可是專家啊！呵呵呵！處理困難的事情時，首先要做的就是確認問題是什麼？來，現在來聽聽妳心裡覺得複雜的原因吧！我是這麼想的——第一，露美和允娜變得很要好，所以妳有點害怕，對吧？」

我稍微想了一下，說：「對，我覺得害怕，也有點討厭。」

「為什麼？她們不能變要好嗎？」

「那個……」

因為我的好朋友被搶走了啊！可是這些話我怎麼可能說得出口？

小女孩好像知道我在想什麼，很快接著說：「妳不說我也知道原因，沒關係。那麼，第二，既然跟詩浩變要好了，那就不要管露美，跟詩浩繼續維持友情，這樣不行嗎？」

我的雙手抱頭。

「如果這麼簡單的話，我就不會呼叫妳了啦！跟詩浩在一起，很好玩，也很有趣沒錯。一開始不會想到露美，但是……不知道為什麼就是會悶悶不樂，不太開心。只有我一個人的時候，又會想起露美，所有的事情都會湧入腦海，我覺得很混亂。」

「就像想要戒掉老鼠軟糖，卻又忍不住想吃的感覺吧？」

「我也不知道妳這樣形容對不對……」

小女孩聽我這麼說，假裝乾咳了幾聲，然後換下一個話題：「就當作是這樣好了。總之，現在先不要煩惱那些事，應該要來思考怎麼解決問題，妳準備好了嗎？」

我沒什麼信心的搖搖頭。

「我不知道該從哪裡開始做起，也不知道應該做什麼？」

「從哪裡開始，或者怎麼開始，妳不知道是正常的。誰能一次就解決這些不容易的事情呢？嗯，我們來改變問題的方向好了。」

「改變問題的方向？」

「對啊！在妳的煩惱中比例最大，而且最影響妳的人是誰？我們必須先把這個問題弄清楚，才能知道接下來該怎麼做。」

「不知道，我很好奇允娜為什麼要做那種測驗，對詩浩來說，我又是什麼樣的朋友……啊，頭好痛！」我又撲通一聲躺到床上去了。

小女孩看到這一幕，不禁笑了出來。

「沒什麼好頭痛的啦！找不到答案的時候，再把問題範圍縮小一點就好了。來，現在回答我問的每個問題！第一個問題，現在這個瞬間，妳想起了誰？是一號露美、二號詩浩，還是三號允娜？」

「一號露美。」

「很好，接下來是第二個問題，上個星期，妳最常想起的人是誰？一號露美、二號詩浩，還是三號允娜？」

「怎麼會這樣？一號露美。」我說。

小女孩點點頭。

「再來是最後一個問題，如果妳有超能力，可以知道對方的心裡在想什麼，妳會選擇誰呢？是一號露美、二號詩浩，還是三號允娜？」

「露美！」聽了我的吶喊，女孩笑了出來。

「嗯！如果要用一句話來總結妳的煩惱，那就是『露美』了。」

「對啊！那露美對我們最近發生的事情，又會有什麼想法呢？」

被我這樣一問，小女孩露出了為難的表情。

「就是說啊！現在這種狀況，我也不知道呢！」

「要看看她最近都在做什麼才會知道了……我想自己問她。」

「太好了！如果還有什麼想不透的問題，請隨時找我幫忙！」

小女孩丟下這句話後，咻的一聲，又回到我的背上。我慢慢的呼吸，已裂成碎片的心，有種再次鼓起一點點勇氣的感覺。

第6章

露美和允娜

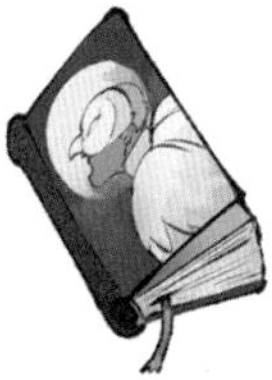

露美上跆拳道課的教室，跟我上美術課的教室相隔不遠。召喚出尾巴的隔天，美術課結束後，我來到了跆拳道教室。

下課時間一到，露美就從學校大樓裡走出來。但是，就在我要叫住露美時，眼前的景象讓我說不出話。

一輛車停了下來，有個人下車後叫了露美。

「露美，在這裡！快點走吧！」

是允娜。

坐在駕駛座上開車的人，正是之前在允娜家看過的那位傭人阿姨。

「您好！」露美很有禮貌的向阿姨打招呼。

「今天妳跟允娜約好要去她的練習室，對吧？上車吧！」那位阿姨說的，好像本來就在等待露美一樣。

露美一聽，很快上了車。接著，車子咻的一聲就出發了。

露美和允娜在我面前一起消失，我悵然若失。我是為了問露美問題才來的，結果連名字也沒有機會叫到，就眼睜睜看著她離開了……

允娜的經紀公司好像叫「彩虹娛樂公司」，這樣的話，露美和允娜應該也是去那裡了。但是我連地址都不知道，就算知道也不可能馬上就去啊！雖然拜託爸爸媽媽幫忙的話，他們一定會幫我，但是……我不想讓他們介入這件事。

就在這個時候，我的背部出現了一個非常強烈的感覺，不知何時，有一個曾經聽過的聲音從心裡升起。

嗨！還記得我嗎？我是第一條尾巴「方向尾巴」啊！

我可以幫助妳，帶妳去想去的地方。

之前在冷颼颼露營日，有個藍髮女孩把我帶到權杰躲起來的地方，我想起這件事，這是那個女孩的聲音！

嗯，請幫助我！

我用盡全身的力量在心裡吶喊。

然後，開始在背部感受到越來越強烈的感覺，那股莫名的力量用力推著我，我好像一個被操控的機器人，身不由己，硬被逼著往前走。但是我根本不知道要去哪裡，背後的尾巴一直推著我，我只能跟著那股力量不停往前走。

接著，眼前停著一輛巴士，我被尾巴推上了車，然後經過幾站之後，又被推著下車。

不知道過了多久，突然間，推動的力量停止了。我抬起頭，矗立在我面前的，是一棟高聳的大樓。裝飾大樓的燈飾就像彩虹雨，我居然來到允娜和智安的經紀公司「彩虹娛樂公司」！

但是，有一件讓我頭痛的事，那就是需要感應卡才能進去。我的腳咚咚咚的踏著地板，來回走著，結果警衛叔叔覺得我很奇怪，便朝著我的方向走了過來。如果他開口問我的話，我該怎麼回答呢？

從玻璃門看進去，我看到了熟悉的臉孔了！我拚命的拍打門。

「智安！黃智安！」

智安看到我，悠閒的走了出來。

「丹美！妳怎麼會來這裡……？」

「智安，我可以進去一下嗎？等等再跟你說原因……」

我的話還沒說完，智安就已經開心的大聲說：「啊！你是來參觀錄音室的啊？上次我說妳可以來看看啊！好啦！快點來吧！」

我趕緊上前，跟著智安走到大樓裡。得到了他的幫忙，真的相當感謝他！原本帶著懷疑眼神看著我的警衛叔叔，後來也走掉了。

「錄音室在二樓，我帶妳進來，妳一定很開心吧？這裡可不是誰都能進來的，知道嗎……」

智安就站在我面前，但我看到的是和允娜一起走下樓的露美，不能再錯過了！我忘記跟智安說一聲，就急忙跟在露美後面。

我繼續往下走了兩層樓，那一整層都是練習室，練習生哥哥和姐姐在裡面練舞，我在那裡徘徊了一陣子，接著從最角落的房間窗戶看進去，終於看到允娜跟露美！我趕緊壓低身體，偷偷的看著她們。

允娜按下音響的播放鍵，開始跳舞，不愧是通過選秀活動的人，真的很厲害！露美在旁邊用相機錄下她跳舞的模樣，不管是誰看了，都會認為她們是很要好的朋友。

但是……繼續看下去，卻讓我看到一些奇怪的事，允娜跳舞跳到一半突然停了下來，看起來像是不滿意自己的動作。指著一邊的牆，對著露美竊竊私語起來，然後走到放在角落的音響旁，換了一首歌，允娜又繼續練習了。

但是，過沒多久，她又停了下來，皺著眉頭，接著坐到了木頭地板，又對著露美說了什麼，露美從允娜的包包裡拿出水來給她喝。接過水瓶的允娜，咕嚕咕嚕的把水全部喝光，再把空瓶還給露美，露美二話不說接過水瓶，然後把它丟進垃圾桶。

我不由自主的生氣了，到底是怎麼一回事？不論是誰看了，都會覺得那不是朋友之間會有的互動啊！她們兩人的感覺，就像童話故事裡的公主和女僕！允娜總是自信滿滿，而露美看起來尷尬又彆扭。

可能是因為太生氣了，我忍不住站起來，接下來我和允娜對到眼。

允娜因為驚訝而睜大了眼睛，立刻前來開門。

「孫丹美，妳怎麼會在這裡？」允娜的聲音大到傳遍整個走廊。

「妳該不會是為了想成為練習生而過來的吧？」

「我根本一點都不想當，妳放心！我是來看露美的。」

「我就是來看看而已，話說，妳們的互動有點怪呢！」我反駁著。

允娜雙手在胸前環抱，一隻腳往前站，有點不開心的問：

「我們怎麼了？」

「妳們友情適合度測試的結果不錯，妳也體驗了好友的感覺，但是現在這個樣子不太對吧？幫妳跑腿、打雜就是朋友嗎？露美，妳為什麼都照做？」

我朝著允娜身後的露美大聲吼叫，允娜用嘲笑的眼神對我說：

「打雜？這點簡單的事情，都不能請她做嗎？」

「我不知道妳怎麼想，但是在別人眼裡可不是那麼一回事！」

我和允娜面對面站著，允娜一邊的嘴角往上揚了起來。

「妳好像誤會了什麼，那是露美自願做的。」

「什麼？」

「妳不信啊？露美，妳自己解釋吧！我有明明知道妳不喜歡，還勉強妳做那些事嗎？」允娜高傲的問著露美，露美的眼神猶豫了一下。

「沒、沒有……。」露美搖頭回答。

我激動的大喊：「斗露美！不要說謊！我是妳的朋友，我知道妳的想法，這根本不是妳原來的樣子！」

「哈！」允娜像是覺得這一切太無聊，嘆了口氣，撥了一下頭髮後，接著說：

「孫丹美，妳真是奇怪。友情最重要的就是信任跟尊重，不是嗎？

露美自己都否認了，妳為什麼還要反駁她呢？連她的話都不相信，一點也不尊重，妳真的是露美的好朋友嗎？」

我被這一番話堵住了嘴。接著，允娜往前走了一步，好像要繼續挑戰我一樣，說：

「妳是為了要找露美，才到這裡來的，不是嗎？如果是好朋友，不是會直接聯絡嗎？誰會像妳一樣，偷偷跟過來啊？」

我可以感覺到背部的尾巴正在蠢蠢欲動，允娜靠近我，她的鼻子幾乎要碰到我的臉了。

「再說，這裡可不是隨便誰都可以進來的，妳是怎麼進來的？該不會是……偷偷跟在我和露美的後面，趁機進來的吧？」

尾巴感覺隨時會跳出來一樣，我的背好熱好熱……不行，現在不能出來！就在我的背漸漸鼓起來的時候，有人在後面說話了：

「孫丹美，都說錄音室在二樓了，你怎麼會跑來地下二樓啊？我找妳找了好久！」

智安從樓梯走下來。

「錄音室？」允娜問著。

智安輕鬆的回答：「嗯，我約她來參觀的。」

「是嗎？」

允娜一聽，似乎不知道該回應什麼，然後對露美說：

「反正我們還要去其他地方，就先走了。露美，走吧！」

允娜抓著露美的手，露美看起來就像是繫在包包上的娃娃，無奈的被拖著走了。

我和露美的眼神短暫交會了一下。

丹美，對不起。我也不知道該怎麼辦……

我彷彿從露美的眼神中，讀到了這樣的訊息。

「妳們是不是發生什麼事啊？感覺好複雜！妳就多體諒允娜一點吧！她最近承受了不小的壓力，有點敏感。」

「有點敏感？」

「嗯，我們公司一個月一次的練習生考核快到了，但是允娜最近的練習成績不太理想，被很多老師責備。這樣下去的話，海藍寶石的女生成員，她有可能會被換掉。因為放假時都要思考怎麼練習，考核的時候才能得到好成績，所以內心可能很壓抑，覺得疲憊跟孤單吧……」

「孤單？妳說白允娜嗎？」

智安淡然的回答：「允娜的爸爸媽媽很忙碌，都是傭人阿姨載她上下課，回家後她幾乎都是一個人，我們所有人當中，最需要朋友的人可能是允娜。」

「我以為白允娜不需要什麼朋友……」

我想起上次到允娜家，最先吸引我目光的，就是那張上面有著允娜高傲臉龐的海報。這樣一想，照片裡允娜的臉好像感覺有點憂愁，但是……

「就算這樣，她把露美搶走又霸占她，我真的很不能理解。」我自言自語的說。

「就算允娜把露美搶走，妳再交新的朋友不就好了嗎？一定是妳跟露美之間發生什麼事情，對吧？」

我沒有回答。可能是因為智安說對了吧？原本覺得很容易被解開的問題，現在看起來好像更複雜了。

第7章 友情劇場

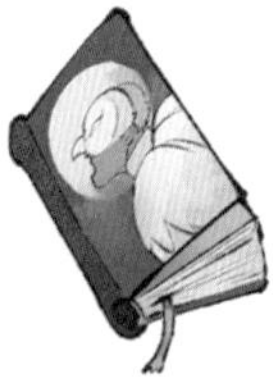

「哎呀！那個女生也真是的！如果是我，肯定會說點什麼的。」

我一回到家，就聽到變身成小女孩的橘色尾巴嘀咕著：「妳知道要怎麼做了嗎？」

我搖搖頭。

「不知道，我覺得頭更痛了。我只知道因為友情測驗的分數很高，所以露美和允娜應該可以好好做朋友，但是不管是誰看了，都會覺得允娜對露美做的事情不太對勁。」

「對啊！所以我才忍不住想跳出來啊！」小女孩附和著說。

「但是，露美不是更奇怪嗎？不管允娜要她做什麼，她都答應，還說是自己心甘情願的……雖然露美沒有說什麼，但是我感覺她好像有什麼說不出口的原因。我認識的露美不管在誰面前都非常有自信，這跟我認識的露美實在是太不一樣了！她該不會被下了什麼咒語吧？」

小女孩陷入沉思，接著問我：「妳跟露美是什麼時候變不好的？就是第一次感覺彼此關係有點緊繃的時候？」

「好像是暑假剛開始的時候吧！那時候講到Minerva和Seer，還有奧爾森，第一次有了爭執，但是……我也不知道為什麼會變成現在這個樣子……」我默默的低下頭。

「妳可以仔細敘述一下當時的狀況嗎？說不定有什麼事情是妳沒想到的。」

「沒想到的？」

「對啊！如果有哪個環節疏忽的話，回想起來也許會比較明白。」

我回憶當時和露美產生爭執的時候，我能想起的事情就是：Seer、奧爾森、融化的冰淇淋，還有在櫻花樹前，連招呼也沒打就分開的場景，就這樣而已。

在這些事情裡會有什麼誤會啊？我嘆了一口氣，小女孩好像明白什麼似的，拍了我的背。

「不要擔心，一定會有方法的，我要來發揮我的實力了！」

小女孩準備要運動似的，伸伸懶腰、緊盯著牆，自言自語的說：

「這個房間好像有點窄……沒關係就這樣吧！」

一說完，小女孩往牆壁撞了上去，在牆壁前面變身了！

說時遲那時快，我的眼前出現了一隻毛茸茸的小狐狸，有著俏皮的鬍鬚，是一隻非常可愛的橘色狐狸呢！狐狸的尾巴像天線一樣東搖西擺，在房間裡跑來跑去。

「哪邊好呢……好，這邊應該不錯！」

狐狸彎起尾巴，一道亮光飛越而出，接著，牆壁上出現了一個電影般的畫面。

「那是什麼啊？」

「現在把手放到我的頭上看看！」

我小心翼翼的把手放到狐狸頭上，當我的手碰到牠柔軟的毛時，牠像觸電般抖了幾下。下一秒，牆壁上出現了露美的臉！

「哇，妳連這個也會啊！」

狐狸看到我目不轉睛的模樣，不禁嘴角上揚，露出一抹微笑。

「能這樣輕鬆在房間看著，真好！很久以前，曾經在村子的井裡上映過友情的劇場，妳媽媽的時代應該是在電視上映的。因為時代不同了，友情的劇場也改變了……總而言之就是這樣了！」

狐狸乾咳幾聲後，擺出了要上臺發表的模樣：

「歡迎來到充滿歡笑和眼淚，以及無限感動的友情劇場，妳可以在這個劇場裡看到友情之外的記憶……」

「友情之外的記憶？」

「雖然只能觀賞，看完也不一定可以讓友情的裂痕完全癒合……來，現在把一切交給我吧！」

畫面開始播放，牆上出現我們到允娜家玩的那一天，進行友情測試還有等待結果的場景。每個時刻都很詳細的重播，在不停搜尋的回憶裡，最終出現的是，我跟露美在冰淇淋店相對而坐的那一幕。

「就是那天！」

因為我突然大叫一聲，狐狸也對著空中揮舞著尾巴，好像按下重播鍵一樣。

畫面裡，我和露美因為Seer跟奧爾森而爭論不休，我們的聲音越來越大，好像填滿了整個空間一樣。

「看起來很嚴重！」狐狸吐了吐舌頭。

再看一次也不是什麼愉快的場面，我彆扭的問：

「嗯……沒辦法讓聲音小一點嗎？」

「抱歉，我目前也還在練習，但是我可以讓畫面跑快一點。」

狐狸說完後，再次向前搖了搖尾巴，畫面出現了詩浩的臉。

我和詩浩說話時，非常友好，而且聲音也跟剛剛與露美交談的音量完全不一樣。

「原來那個人就是詩浩啊！你們看起來很開心呢！」

然後狐狸又讓畫面跳到下一個場景，是我和詩浩在泳池外的樹蔭下，一起吃冰淇淋的時候。但是我發現有一個奇怪的地方，詩浩的身後有個熟悉的身影……

「等等！那個人……好像是露美！」

狐狸讓畫面暫停了。

「是嗎？看不太清楚！」

就像狐狸說的一樣，畫面裡的那個人實在太遠了，所以看得不是很清楚。

「有了！有一個確認的方法。」

狐狸好像正在集中精神，牠的眉毛用力皺了一下，對著牆壁的尾巴竟然變成兩條，然後就像手指放大手機畫面的動作一樣，這兩條尾巴把畫面放大了！

這時，詩浩身後的樹木變得細長，而那個用樹木擋住身體，盯著我和詩浩看的人，正是露美！

「我還在想會不會是她……結果真的就是……」

我低聲喃喃自語。

那是我和詩浩約好去她家玩的時候，在我們愉快的笑聲背後，看著我們的竟然是露美，她的眼神感覺不安又憂愁。不久後，她就默默轉身離開了。

「好奇怪……露美怎麼會在那裡啊？那個時候，她應該在奶奶家才對吧？」

「不管如何，她看起來都不是很快樂的樣子！」狐狸說。

「對啊，換作是我的話，我也會很難過。想要說的話，全部都吞回去，然後就回家了！覺得被背叛了，而且……也會覺得很孤單吧！」

我自言自語，那種感覺，就像我看著允娜和露美在一起一樣。

「妳跟露美是怎麼變成好朋友的啊？」狐狸先是一問，又接著說：「嗯……比起聽妳說，我覺得還是看友情劇場會比較好！妳再把手放到我的頭上吧！」

我再次把手放到狐狸頭上，過去的某天突然出現在眼前。牆上放映出的那幕，是一個溫暖的春天。

春風輕輕吹來，櫻花柔柔的搖晃著，我坐在學校運動場旁的板凳上，在素描本上隨意畫畫。

那是一年級入學的時候，那時才開學不久，我抬起頭看到不遠處，有個綁著頭髮，皮膚黝黑的女孩正在玩球。

她自己丟著球，跑過去又撿回來，然後把球頂在手指上轉著，也沒有什麼特別的舉動，然後我繼續畫畫……突然間「砰」的一聲，球滾到我的腳下。

「啊！抱歉，妳沒事吧？」

女孩朝著我跑來，向我道歉，那個女孩就是露美。

「沒事，我沒有被打到。妳很厲害，好會玩球！我剛剛就在看妳了。」因為我這樣說，露美露出微微的笑容，然後問我：「妳為什麼一個人在這裡？」

我慢慢的闔上素描本。

「因為媽媽還沒來……我本來在大門那邊等，然後又走進來，也不是不知道怎麼回家啦……」

「是嗎？那就一起走吧！」

露美把這一切講得好像很容易一樣，我猶豫了一下。不知道為什麼，跟眼前這位新朋友在一起，好像什麼事都變得很簡單的樣子。

「好啊！一起走吧！我是丹美，孫

丹美！」

「我是斗露美。我們兩個人的名字最後一個字都是『美』！」

「真的！放在一起就是『美美』了！」

我們同時大笑了出來，於是，我們一起走到學校外面。

原本因為看不到媽媽，那些害怕跟慌張的感覺突然一掃而空。和露美聊天就像春天和煦的陽光照在身上，既溫暖又和善。

走了一陣子之後，我們在便利商店前的櫻花樹下停留。

「我要往這邊走了。」我說。

「我要走另一邊。」露美說。

露美指了反方向，但是我們當下卻捨不得分開，還是站在原地。

「下次……我們在這棵樹下見面，妳覺得如何？」

「好啊！」

聽到露美這樣回答，我開心的跳了起來。從櫻花樹上凋謝，而飄散到地面的櫻花簡直美極了！那一刻，我和露美的笑聲沒有停過。

「好美的友情！」狐狸像是觀賞了一部電影，分享著觀後感。

「就是因為這樣，便利商店前的櫻花樹，成為我們的友情樹木。」

我故作鎮定的回答。

「我怎麼……怎麼哭了？」

是不是狐狸讓我哭了呢？

我閉上眼睛，眼淚流了下來。為了不讓自己大哭，我趕緊深呼吸，試著冷靜下來。

「我不是說過了嗎？友情的劇場本來就充滿了歡笑、眼淚和感動。啊！看來現在是友情劇場要關閉的時候了。」

狐狸悄悄的把我的手拿下來，牆壁的畫面就被關上了。不知何時，橘髮女孩已經坐在我的眼前。

「如果妳已經冷靜下來，我可以問問妳為什麼會哭嗎？」

我慢慢的呼吸，再慢慢的吐氣。

「好像……一切都回到從前，但是卻再也回不去了。說不定……媽媽說的話是對的，媽媽說，不管是友情，還是好朋友，遲早都是會改變的，那我現在跟詩浩變要好……到最後，會不會也只是一場空？」

「嗯……是有可能，可是，就像妳說的，妳也很高興能夠有一個越來越要好，像是詩浩那樣的朋友啊！如果友情劇場再播一次，妳的想法說不定會跟現在不一樣呢！跟露美在一起，是很棒的回憶，不過……朋友之間不會只有一種感覺啊！這樣想，心情是不是就能好一點，而不會像現在這樣流淚呢？」

聽她這樣說，好像還真的有點道理。

我暫時停止煩惱，瞄了一眼放在桌上的文宣，那是詩浩約我一起參加歷史工作坊的文宣。

「如果再見到詩浩，到時候，應該會明白一些什麼吧？」

聽我這樣說，小女孩的臉上出現了微笑。

「那就去看看吧！」

第8章

意想不到的見面

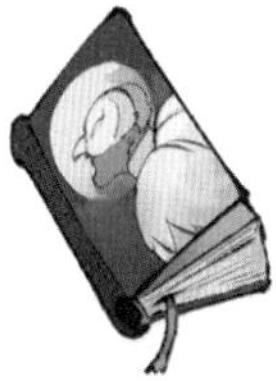

歷史工作坊在鄉村的圖書館舉行，我一進到圖書館大廳，詩浩已經到了，她開心的呼喚我：

「丹美，妳來啦！」

詩浩的眼神並沒有停留在我身上太久，正當我準備回話，詩浩卻對著我身後的人大喊：「善柔！妳跟書允一起來啊？」

我回頭一看，看到好幾位班上的同學。

「嗨！丹美！」

「丹美，妳也是因為詩浩邀約才來的吧？我也是！如果不是詩浩的話，根本不知道有這個活動！」

「嗯，好久不見……」我假裝若無其事的跟大家打招呼。

這時候，熟悉的乾咳聲傳了過來：

「我們班來了好多同學，在暑假期間還能見面，感覺真開心！那我們現在就到視聽教室吧！」

出現在我眼前的是李香琪老師，在學校以外的地方，還能聽到老師的招牌乾咳聲，真是令人出乎意料。不過，我本來以為可以跟詩浩兩個人開心的出遊，就像不久前我們在泳池那樣。

我拿出詩浩給我的文宣，其實我原本只有看時間和地點，其他內容根本連看都沒看一眼，文宣上這樣寫著：

歷史工作坊

時間：8月8日　　集合地點：鄉村的圖書館

對象：
只要是四年級學生，
而且對歷史和文化有興趣的你！

主辦者：
未來國小 李香琪 老師

現在才確認內容的我，真想挖個地洞鑽進去。

我一開始就誤會了，原本以為只有我和詩浩兩個人，能夠單獨跟她聊天，希望那些友情的問題藉此迎刃而解，我是因為這樣才赴約的！

看著同學們開心不已、滔滔不絕聊天的樣子，我突然感到生疏。

看來，我對詩浩來說並不是「特別」的朋友，我只是她認識的同學中，其中一位普通的同學而已。

我想著這些事，因而忘了前進，詩浩擔心的問我：「丹美，你怎麼了？有什麼事嗎？」

「啊？沒有，什麼都……」我支支吾吾，相當尷尬。這個時候，我和站在角落的權杰對到眼。

「孫丹美，嗨！」

「嗯，嗨！權杰你也來了啊……」

「我不應該來的，是不是？」

我對著權杰擺了擺手：「不是啦！不是那個意思啦！我一直以為不管誰邀請，你都會拒絕，所以之前在允娜家，跟在這裡遇到你，都覺得很神奇啊！」

「以前的我，的確是那樣。」權杰回答。

「對我來說，朋友就像一場噩夢，小時候，我就很難跟朋友玩在一起，所以……」

「還是想跟朋友變得親近一點嗎？」

「嗯，雖然覺得這件事很困難，但偶爾還是會這樣想。」權杰小聲的回答。

原來是這樣啊……

這時，我的腦海突然浮現出允娜的臉，我原本覺得允娜也跟權杰一樣，都認為朋友不是很重要的東西……

但是，說不定是我錯了……該不會允娜和權杰有一樣的感受吧？

「如果再想下去，我會覺得『我真的需要朋友嗎？』會不會有人跟我一樣，一副看起來不需要朋友的樣子……那種人最後會變得如何，你不想知道嗎？」權杰說了這一段奇怪的話後，就離開了。

「朋友」對他來說，是奇怪的存在嗎？不管給我什麼東西，我都不想變成那樣的人。看著權杰的背影，我有種奇怪的感受，無法理解他在想什麼。

接著又看到旻載，我立刻轉換了心情。

「丹美妳也來了啊？我們暑假見了兩次面呢！」

看到旻載，我不自覺的左顧右盼，幸好他不是那種容易被注意到的人。

我放心的問：「智安呢？」

「智安？」旻載驚訝的反問。

「對啊，你們不是變得很要好嗎？友情測試的結果說你們很適合當朋友啊！」

旻載表現出一副完全聽不懂的樣子，眼睛睜得大大的。然後，又好像想起什麼一樣，笑了出來。

「友情測驗？啊，對！我們做過那個……」

「我還以為做完那個測驗後，你們會變得很要好！」

「不知道是不是因為那個測驗的關係，我覺得我跟智安有些地方蠻相似的，但也不是做什麼都得在一起啊！智安一定也是這樣想的吧？」

「是嗎？」

「真的有人相信那個……友情測試機嗎？」

因為旻載完全不把友情測驗當作一回事，所以我也假裝不在意。

難道……我一開始就不應該提到什麼友情測驗？

「智安本來就對這種歷史工作坊沒什麼興趣，但是對我來說，歷史和文化、科學一樣，都很有趣。妳不也是對歷史有興趣才來的嗎？」旻載親切的問我。

我不是……我在心裡說著。

說真的，對我來說，歷史是個枯燥乏味的科目，說穿了，我是為了見詩浩才會來的。而且在我看來，權杰也不是因為對歷史特別有興趣才來的。

「來，大家都往視聽教室移動吧！」

聽到李香琪老師的指令後，大家開始挪動腳步。

在視聽教室裡，大家各自找位置坐下。關上燈後，透過影片，以前的古物一件一件被介紹出來。

從一開始到最後，我什麼都沒有聽進去。不論是那些過去輝煌燦爛的文物，或者是老師的說明，對我來說，都有點厭煩。

我來這個地方是為了解決煩惱，來歷史工作坊卻是想要解決友情問題的人，在這個地球上應該只有我了。但是，在這裡遇到權杰和旻載，讓我覺得想要處理這一切，似乎更複雜了。

令人窒息的歷史工作坊活動終於結束，正當我在伸懶腰的時候，詩浩匆忙來到我身邊，說：

「丹美，我剛剛有話忘記跟妳說了……我後來才想到，我當初只有跟妳說要是對歷史有興趣，就可以來這個歷史工作坊，但卻沒跟妳說還會有其他的同學會來，妳剛剛是不是覺得有點緊張？」

「啊？嗯……我也沒有好好看妳給的文宣啦……但是我真的以為只

歷史工作坊
對歷史和文化有興趣的你！

有我跟妳兩個人而已……」我據實以答。

「原來是這樣啊！真的很抱歉。」詩浩雙手合十，低頭說著，她的態度讓我原本亂糟糟的心感到安定許多。

「妳曾經說過，朋友越多越好不是嗎？妳真的這樣想嗎？」我終於鼓起勇氣問了。

「嗯……我只是覺得好朋友越多，當然越好。但是，丹美妳覺得應該要有一位『最要好的朋友』對不對？很多人都是這樣想的。」

「妳不會這麼想嗎？」會有人覺得不需要嗎？

詩浩思考了一下後回答：「我覺得不一定要有一位最要好的朋友，

大家相處的時候覺得很愉快，那就好了。我跟很多人都很要好，那是我交朋友的方式，我覺得不同的人，有不同的優點和特色啊！」

「原來是這樣啊……」

詩浩輕輕笑了一下。

「我以後還是會跟妳變得越來越要好，但是，妳要是真的很想要有一位最要好的朋友，我覺得那個人是露美。」

「為什麼？」

「不知道……要怎麼說呢？不管是誰都會有這樣的感覺吧？」

詩浩好像一直都是這樣，她露出大人的笑容說著這些話。

我從視聽教室出來，準備回家。我一步步往前走，剛剛和同學們的對話就像回音一樣，一直圍繞在我耳邊。原來不同的人，對友情有如此不同的想法，我覺得有點奇怪，也有點神奇。

我看著天上的雲朵，它們像是一團一團的聚集，接著又一朵一朵的分開。當我想著它們是不是消失了？它們仍然在天上，就像是天空的裝飾品。

當我什麼都不想，只是站著望向天空的時候，突然有一個想法出現——「雲」雖然只有一個字，卻以千變萬化的姿態存在著。

那麼「友情」不也是這樣嗎？關於「友情」的答案也需要自己去尋找跟定義。

我閉上眼睛，對我來說，友情就像魔法一樣。雖然可能會經歷各式各樣的情形，但是應該不會有裂痕。它是那麼奧妙，那麼重要，真正的友情是固若金湯的……

不知何時開始，我心裡有個想法：我想跟露美和好，像一開始那樣，我能向露美傳遞這樣的想法嗎？

我張開眼睛，就在這時候，露美和允娜正朝著我走過來……

第9章

永遠的友情主義者

我和露美四目相對，能夠這樣子好好注視著對方的臉龐，已經是好久以前的事了。雖然我也不知道該跟她說什麼才好，但我就是大聲呼喊著她的名字。

「露美！」

「丹美……」

露美和我在同一時間喊了對方的名字。

「妳最近過得好嗎？跟允娜在一起後，覺得如何啊？好玩嗎？」

我把這一陣子想要問的問題，接二連三的說了出來。總覺得如果現在不開口，好像就再也沒機會問了。

但是回答問題的人，不是露美，而是允娜。

「露美為什麼要跟妳報告這些事？」允娜不高興的說。

「我沒有問妳啊！我在跟露美說話。」我回答允娜。

在練習室的時候，我因為情緒激動而大聲說話。但是，現在連我聽自己的聲音都覺得很冷靜，一點也不緊張，一點也不害怕。而且……如果我的感覺正確，露美其實是很高興見到我的——就像我一樣。

「我也不知道……」露美回答我了，雖然還是有些尷尬的感覺，但不再像之前，什麼話都不說。

不過允娜這次仍然插嘴了。

「當然是又好玩又有趣啊！因為友情測驗的結果，我們現在變得超要好的！」

「真的嗎？可是露美剛剛說她也不知道……比起妳說的話，我更相信她。」

被我這樣一說，允娜的臉變紅了。

「孫丹美，妳不覺得妳現在很奇怪嗎？妳怎麼不講講妳自己真正的想法？」允娜憤怒了起來。

「好啊！那我就說了，我是非常非常傷心啦！不知道為什麼會變成現在這樣，因為很苦惱，覺也睡不好。而且對我來說，白允娜，妳就是那個把露美搶走的人，所以我很討厭妳。」

「我哪有把妳的朋友搶走？是妳自己失去了一個朋友。」允娜得意洋洋的說。

「才不是呢！並沒有人搶走她，我也沒有失去什麼。我覺得露美的心告訴她該怎麼做，她就怎麼做，那是最好的。」

我轉向露美。

「雖然我很難過，但是露美，如果妳跟允娜……不是，是妳想要跟誰要好，我都可以接受。」我很誠實的把心裡話都說出來。

原本像是被什麼支配的露美，突然哽咽的說：

「不是這樣的，丹美，不是妳說的那樣，請不要這樣說！」

我驚訝的看著她，露美擤了擤鼻子後，竟然潸然淚下，然後，像做了什麼決定般，對著允娜說：「允娜，對不起，我好像……沒辦法繼續下去了！」

「不能繼續下去是什麼意思？妳在說什麼？」允娜張大雙眼，不安的問著，她那慌張的表情讓我印象深刻。

「其實現在只有一個人開心……我好像沒辦法再繼續了。」

「什麼叫只有一個人開心？妳跟我不是有很多共通點嗎？而且……友情測驗的分數也很高啊！妳不也是因為需要我這個朋友，才跟我一起玩的嗎？」

說到最後，允娜一副張牙舞爪的姿態，大聲的說：「斗露美，如果妳沒辦法見到Seer也沒關係嗎？」允娜的聲音突然有點顫抖起來。

Seer，為什麼會突然提到他？

「嗯，沒關係了……」露美無力的說。

「等等，Seer？妳們到底在說什麼啊？」

露美面有難色的轉過頭去。

允娜刻薄的說：「為了和露美變得更要好，我當然要給她一點好處啊！所以我說我會帶她去看Seer，雖然不是直接見面，但是我們公司的人那麼多，一定有機會讓露美跟他見面，這對我來說，根本是小菜一碟……」允娜含糊的說了這段話。

我因為太生氣，好一陣子說不出話。

「白允娜，妳為了拉攏誰都會這樣做嗎？都覺得要給對方什麼好處嗎？這樣子，與其說是友情，更像是什麼交易吧！」

聽了我的話，允娜緊咬著嘴脣。

露美又再次發言：「允娜，對不起！一開始，我以為可以跟妳變成好朋友，可是……後來我覺得好像要努力……甚至是很努力，才能維持這段友情。我覺得……我都快變得不像我了。我也一直在想，不知道什麼時候才能開口跟妳說這些話……」

「可是為什麼要在孫丹美面前說呢？當我看到友情測驗的時候，因為結果很好，我還很高興……」

現場一陣沉默。

最後，率先打破沉默的竟然是允娜，她哼了一聲，說：

「哈，太幼稚了，我再也聽不下去了。妳們把友情講得好像很崇高的樣子……」

允娜聳了聳肩膀，冷冷的說：「那就這樣啦，我不想跟你們說了，我要先走了。妳們一把鼻涕、一把眼淚的抱在一起吧！我就把這次發生的事，當作一次經驗。」

說完以後，允娜就走了。

可是，這樣好嗎？

我向邁開腳步的允娜喊著：「允娜，其實……可以一起玩啊！」允娜驚訝的停下腳步，過沒多久，她像是下了什麼決定，轉過身，看著我大聲說：

「算了！比起友情，我比較想要的是得到大家的喜愛，所以我需要更認真練習了，本來都說好要跟Seer見面，現在後悔也沒用了！」說完這些話，允娜又轉過身，瀟灑的大步離開。我和露美一直看著她離去的背影，直到她消失在路的盡頭。

我和露美終於相視了，好尷尬……因為太尷尬了，心裡覺得好奇特，露美和我露出了一樣的表情。然後，也不知道是誰先開始，下一秒，我們一起笑了出來。

我笑了，露美也笑了，原本的尷尬全都不見了。

我們並肩散步，露美語重心長的說：「丹美，我有好多話想對妳說，我們冷戰的那段期間，我真的很傷心，當時我只想到自己，所以很後悔那樣對妳，本來要去奶奶家的，也取消了。為了跟妳道歉，我到了游泳池，結果看到妳跟詩浩玩得很開心的樣子，好像……妳已經忘記我一樣。」

露美停頓了一下，繼續說：「那天之後，我偶然去了允娜家，一開始都很好，然後允娜說要讓我跟Seer見面，因為友情測驗的分數很高，我心想……是不是跟允娜更適合在一起做好朋友？因為妳跟詩浩也變得要好了。」

「原來是這樣啊……」我喃喃自語，因為露美的感覺跟我的感受太像了，我覺得很神奇。

「然後……我覺得自己好傻，我想跟妳說，也想跟允娜說，但是我不知道要從哪裡開始說起，所以到了最後，還是什麼都沒說出口……妳知道嗎？我剛剛走這條路的時候還在想，要是能夠遇到妳，該有多好啊！我真的很希望可以遇到妳，然後妳就出現在我面前了，這真的是太神奇了！」

「我也是啊！」

我因為太高興，大叫出來，而且不知道為什麼，有一種想哭的感覺，露美的眼框裡也有眼淚在打轉著。

「妳知道嗎？其實我們一開始也沒有什麼共通點，但是……我們還是變得這麼要好，我們怎麼會忘記這件事呢？」

「就是說啊！」

露美笑著停下腳步，不知不覺，我們停留在象徵友情的櫻花樹下。

那些盛開且鮮豔的櫻花，隨著風發出「簌簌」的聲音，隨風搖曳，好像在確認什麼事情。

就像魔法一樣，友情也是奧妙而難解，同時，也是牢不可破的……

有經歷過真實友情的人都知道，友情比冰淇淋還要甜，比白雲般的羊毛還要柔軟。就算出現了裂痕，一旦填補起來，四散的拼圖也可以拼成美麗的圖畫，彷彿颱風過後，所展現的美麗風景。

這就是我認為的友情！

媽媽說「友情是會改變的」，而且隨著年紀增加，它會變得渺小。

就算這樣，我還是永遠的友情主義者！

第10章 美好的回憶

暑假最後一天，我搭著爸爸的車，外面下著涼爽的雨，雖然明天就要回學校上課，有點可惜。但是我也很想念班上的同學，再加上很多原因，這次的假期令人難以忘懷。

「就是啊……聽說允娜這次的練習生考核得到很好的成績！」前方的座位傳來一個聲音，那是我永遠的死黨——斗露美。

「太好了，我本來還很擔心呢！」我回答。

「以後允娜出道的話，我要成為她的粉絲，以朋友來說，這一點，我一定會做到的。」露美興奮的說著。

「但是不管怎樣，今天的主角是Seer啦！」

「妳在說什麼？明明就是奧爾森好不好？」我笑著反駁。

爸爸的車開往Minerva在大型書店舉辦的粉絲見面會，露美是為了拿到Seer的簽名，而我則是為了搶先買到奧爾森的最新漫畫系列。

一進到書局，馬上映入眼簾的是Minerva的大型直立看板，為了拿到簽名，隊伍早已經大排長龍，甚至排到書局外面了。

「爸爸幫妳們排隊，妳們等等再來吧！」

我和露美用力搖搖頭，露美嚴肅的說：「這種事情要自己做才有意義啦！」

「好吧，那我在隔壁的咖啡店等妳們！」

爸爸離開後，我們站在隊伍的最後面，慢慢往前移動。

露美身體扭來扭去，侷促不安，十分緊張的樣子，連一刻也無法好好站著。最後，她皺著眉頭說：

「怎麼辦……我好像真的很緊張！我去一下廁所，很快回來，妳要好好排隊！不要讓隊伍斷掉，也不要讓別人有機會插隊！」露美說完這句話，就像煙火一樣瞬間消失了。

Minerva的成員們很有誠意的替每一位粉絲簽名。坐在中間的Seer本人真的比電視上還要帥氣很多呢！要是我也有機會親自見到喜歡的藝人，大概也會像露美一樣緊張吧！

隊伍比想像中移動得更快，照這樣下去，可能等不到露美回來，我就會直接幫她拿到簽名……那露美一定會失望無比的。

就在我擔心的時候，露美氣喘吁吁的跑了過來，啪的一聲，把一個東西放到我的手上。

「丹美！這個，禮物！」

她放在我手上的是——印有奧爾森那瀟灑臉龐的書！

「奧爾森也跟Minerva一樣，人氣很旺的樣子呢！如果只有幫我排隊，到最後奧爾森的書卻全賣光，那可不行……所以我趕快衝去買了一本！」露美上氣不接下氣的說。

「哇，我好感動！」

我因為太高興，用力抱緊露美，她則擺出鬼臉。

「妳看完也要跟我分享裡面的內容！」

「這是一定要的啊！」

打鬧的同時，已經輪到我們了。我和露美一起站在Seer面前，露美讓Seer簽名簽在她事前準備好的專輯上面。她曾經說過，想要對Seer說的話三天三夜也說不完，但是實際見到面後，她卻像蚊子一樣，小小聲講了她的名字，臉色通紅，心跳加速，害羞到不行。

想到露美一句話也講不出來，之後很可能會後悔，我鼓起勇氣，把奧爾森的書往前推，大喊：「也請幫我簽名！」

是因為我的聲音太大的關係嗎？Minerva的其他成員同時轉頭看向我們，Seer則因為嚇了一跳，趕緊接過書。

我繼續說著：「因為Seer跟奧爾森，我和好姐妹的友情差點就產生裂痕了呢！」

Seer一聽，瞪大了眼睛。

「請不用擔心，託您們的福，我們的友情比之前還要穩固了！」露美笑著說。聽到這句話，Seer的臉上出現了一抹淺淺的微笑。

「這樣啊！我也是奧爾森的粉絲呢！奧爾森出新書了啊？我也要趕快去買！」

一聽到Seer這樣說，露美大叫起來：「丹美！從今天開始我也要當奧爾森的粉絲！」

「這樣的話，從今天開始，我也要當 Minerva 的迷妹了！」

聽到我們的對話，Seer 笑著在我的書上簽了一個很大的名字後，把書還給我。我跟露美反覆念著 Seer 的留言：

給孫丹美和斗露美，

祝福兩位的友情長長久久！

在我們走出書店前，發現了一個很眼熟的東西，展示桌上放了一臺像小山般的「友情測試機」。

Hot!
請來測驗
您們的友情
友情測試機

竟然在這裡看到友情測試機，感覺好奇妙。

「好好笑，竟然用那個來測試友情……」

我喃喃自語，而露美回答：「就是說啊！可是我們的友情通過考驗了，對吧？」

露美說完，我們兩個大笑起來。就像露美說的，我們好像用了整個暑假的時間來考驗友情。

那天晚上，我跟狐狸說了這些事。她興奮的搖晃著尾巴說：

「真是太棒了！」

「妳幫我很多忙，真的很謝謝妳！」

「妳太客氣了！只要妳想要到友情劇場來看看，不管是什麼時候，呼叫我就對了！」

「好，我知道了。可是，我想到不管什麼時候，友情劇場只會上演過去的畫面，而且，都是我主演的話……以後我要更努力製造一些美好的回憶。」

聽了我說的話，小女孩哈哈哈的笑了出來。

「這真是個好點子呢！」

露美的信

你好，我的名字是露美。因為我是丹美最好的朋友，所以我想你們應該都認識我了。我很喜歡運動，個性是先做再說，應該有很多人跟我很像吧？

朋友們都說我很豁達，但其實我心裡有很多的煩惱，而且我的心很

脆弱。就像你一樣！所以這次暑假，因為很小的事情，跟丹美面臨友情的危機，我感到非常的孤單。

在這次之前，「危機」這兩個字對我來說，可能就像外星人入侵地球般遙不可及。但是親身經歷過後，才發現和好朋友感情出現問題，可是比外星人入侵地球還要令人頭疼。

外星人只要打敗就好了，但是和朋友之間的關係如果出現問題，內心就會像颱風來襲一樣。我的意思是，如果和朋友之間發生了什麼事情，那可是很麻煩的！

幸好我和丹美恢復了友情，心情真的非常愉快。但是，請不要認為我拋棄了允娜，而選擇了丹美！因為對我來說，允娜也是一個非常有魅力的朋友呢！

幸好有這次的事件，讓我能夠學習欣賞其他朋友身上的優點。未來在友情的路上，還會發生更多令人感到茫然而不安的事情，我們一起加油吧！

你對「友情」也會感到孤單或煩惱嗎？

如果有的話，加油！比一千片拼圖還要複雜的東西真的只有「友情」了。這是我最近學到的——當你看清楚事情的真相後，總有一天，那些問題都會豁然開朗、迎刃而解的！

但是，你知道嗎？最近感覺丹美好像有點不一樣！到底是哪裡不一樣，我也說不上來。

以好朋友的直覺來說，我覺得她好像在隱藏什麼。啊，當然了，這件事我已經和丹美約定好，不會跟任何人說。維持友情的第一個原則就是——替好朋友守住她的秘密。

未來，如果你在路上看到我，別忘了跟我揮揮手，打個招呼吧！我也會開心的跟你擊掌，我們一定也可以成為好朋友的。

我會等待那天的到來，再見！

露美

故事館

為孩子挑一本書，打造難忘又溫暖豐富的童年！

妖怪出租系列（1～4集）

《神奇柑仔店》作者廣嶋玲子
借用妖怪力量的警世之作！

《妖怪出租 1：實現心願的妖怪現身》
《妖怪出租 2：請借給我妖怪之力》
《妖怪出租 3：使用妖怪的正確方式》
《妖怪出租 4：妖怪之所以成爲妖怪》

作者 廣嶋玲子／**譯者** 緋華璃

錯覺偵探團系列（1～3集）

知名繪本作家吉竹伸介，
跨刀繪製最受歡迎的偵探系列

《錯覺偵探團 1：神祕月夜的寶石小偷》
《錯覺偵探團 2：鬧鬼坡失蹤案》
《錯覺偵探團 3：謎樣的影子》

作者 藤江純 ／**繪者** 吉竹伸介／**譯者** 林佩瑾

黑魔法糖果店系列（1～3集）

日本青少年讀書心得全國比賽
——小學低年級指定書籍系列
用一點點暗黑魔法，
～化解孩子壞情緒、解開人際心結～

《黑魔法糖果店 1：壞話棒棒糖》
《黑魔法糖果店 2：惡作劇汽水糖》
《黑魔法糖果店 3：超倒楣軟糖》

作者 草野昭子／**繪者** 東力／**譯者** 林冠汾

小學生奇幻必讀橋梁書

威風凜凜的狐狸尾巴1

緊張刺激的露營之夜

★展開一場探索及探納自我的冒險★

充滿青春煩惱的十一歲少女丹美，身上有一個絕對不能被發現的祕密……想隱藏起來的是致命缺點，還是沒有被發掘的特質呢？

作者 孫元平／**繪者** 萬物商先生／**譯者** 劉小妮

威風凜凜的狐狸尾巴2

友情測試機的大考驗

★跨越一場誤會與和解的友情難關★

你對友情也會感到孤單或煩惱嗎？比一千片拼圖還要複雜的東西眞的只有友情了。當你看清楚事情的眞相後，總有一天，那些問題都會豁然開朗、迎刃而解的！

作者 孫元平／**繪者** 萬物商先生／**譯者** 吳佳音

威風凜凜的狐狸尾巴3

守護友情的勇氣之戰

★一場學會挺身而出的無懼旅程★

丹美的第三條尾巴「勇氣」卽將現身！但是，爲什麼她卻認爲我是膽小鬼？你是否也曾經因爲一時的懦弱，而在事後感到懊悔呢？勇敢起來吧！充滿勇氣的你最帥氣了！

作者 孫元平／**繪者** 萬物商先生／**譯者** 吳佳音

故事館 014

威風凜凜的狐狸尾巴 2：友情測試機的大考驗

위풍당당 여우 꼬리 2:알쏭달쏭 우정 테스트

作　　者　孫元平
繪　　者　萬物商先生
譯　　者　吳佳音
語文審訂　吳在媖（兒童文學作家）．張銀盛（臺灣師大國文碩士）
責任編輯　陳鳳如
封面設計　李京蓉
內頁排版　連紫吟．曹任華．陳姿廷

出版發行　采實文化事業股份有限公司
童書行銷　張惠屏．侯宜廷．林佩琪．張怡潔
業務發行　張世明．林踏欣．林坤蓉．王貞玉
國際版權　鄒欣穎．施維真．王盈潔
印務採購　曾玉霞．謝素琴
會計行政　許俽瑀．李韶婉．張婕莛
法律顧問　第一國際法律事務所　余淑杏律師
電子信箱　acme@acmebook.com.tw
采實官網　www.acmestore.com.tw
采實文化粉絲團　www.facebook.com/acmebook01
采實童書FB　www.facebook.com/acmestory/

ISBN　978-626-349-264-6
定　　價　350 元
初版一刷　2023 年 6 月
劃撥帳號　50148859
劃撥戶名　采實文化事業股份有限公司
104台北市中山區南京東路二段95號9樓
電話：(02)2511-9798　傳真：(02)2571-3298

線上讀者回函

立即掃描 QR Code 或輸入下方網址，連結采實文化線上讀者回函，未來會不定期寄送書訊、活動消息，並有機會免費參加抽獎活動。
https://bit.ly/37oKZEa

國家圖書館出版品預行編目資料

威風凜凜的狐狸尾巴 . 2, 友情測試機的大考驗 / 孫元平作 ; 萬物商先生繪 ; 吳佳音譯 . -- 初版 . -- 臺北市 : 采實文化事業股份有限公司, 2023.06
192 面 ;14.8×21 公分 . -- (故事館 ; 14)
譯自 : 위풍당당 여우 꼬리 . 2, 알쏭달쏭 우정 테스트
ISBN 978-626-349-264-6(平裝)
862.596　112004752

采實出版集團
ACME PUBLISHING GROUP